FOLIO CADET

Jordio bashen,
hase parian mulkoten baghatae.
E. L.

Contes recueillis par l'auteur
au royaume de Chitral,
entre Pakistan et Afghanistan.

Maquette : Karine Benoit

ISBN : 2-07-055297-7

N° d'édition : 121367
Loi n° 49-956 du 16 juillet 1949 sur les publications destinées à la jeunesse
Dépôt légal : septembre 2005
Imprimé en Italie par Editoriale Lloyd

Erik L'Homme

CONTES
D'UN ROYAUME PERDU

illustré par François Place

GALLIMARD JEUNESSE

Nano Begal
La Maman de Begal

Chitral est un pays perdu au bout du monde, un royaume de vallées sauvages, cerné par des montagnes immenses.

Derrière ces montagnes, il y a de hautes terres désolées, et un ciel profond où viennent mourir les nuages lorsqu'ils sont trop vieux.

Les rivières qui traversent Chitral sont noires et tourmentées.

Les vents qui y soufflent charrient des odeurs âpres et grisantes.

Le temps passe dans ce royaume à la fois plus durement et plus doucement qu'ailleurs.

Les hommes risquent leur vie sur les flancs instables des montagnes, pour y chercher du bois ou mener paître leurs chèvres. Les femmes s'épuisent dans les champs. Mais ils gardent toujours le sourire aux lèvres.

Les hommes choisissent soigneusement la fleur qu'ils accrochent chaque jour à leur bonnet. Les femmes se chamaillent gaiement en se maquillant les yeux avec du khôl. Et tous se racontent des histoires ou chantent en buvant du thé et en mangeant des galettes de pain. Par-dessus tout, lorsque arrive le printemps, ils aiment voir s'affronter dans le pré du village les joueurs de polo !

Montés sur des chevaux vigoureux, de jeunes gens intrépides tentent, à l'aide d'un long maillet, d'envoyer une balle entre les poteaux du camp adverse.

Les anciens disent que ce jeu incite les beaux jours à revenir.

Les hommes, les femmes, les enfants se pressent chaque soir sur le bord du terrain pour voir les équipes rivaliser d'adresse et d'audace.

Des musiciens sont toujours là, et leurs airs joyeux emportent les cœurs dans le sillage des rudes balles de bois.

Dans l'une de ces vallées verdoyantes enserrées de montagnes démesurées et arides se trouve le village de Shoghor.

C'est un village comme il en existe dans tout le royaume. Les maisons construites en terre et en bois n'ont qu'une seule pièce dans laquelle on mange, on dort et on bavarde autour du feu. La famille entière s'y rassemble.

À Chitral, la famille importe plus que tout…

Il y a trois siècles de cela, le capitaine de l'équipe de polo de Shoghor s'appelait Begal. C'était un jeune homme courageux et fort, qui maniait le maillet de bois comme personne. Ses yeux étaient limpides comme la source dans laquelle les filles vont puiser l'eau. Ses cheveux étaient clairs comme le blé que fauchent les femmes lorsqu'il est mûr.

Son cheval, Bumburush*, était le plus rapide. Sa robe blanc et gris trempée de sueur, les naseaux remplis d'écume, il courait après la balle sans que Begal ait besoin de le lui demander.

* Un mot chitrali qui veut dire « Tonnerre ».

Les autres joueurs étaient fiers de compter Begal parmi eux. La saison précédente, ils avaient vaincu les autres villages du royaume !

Rien d'étonnant, donc, à ce qu'un beau jour de printemps le roi de Chitral, qui pratiquait également le polo, quittât son palais de Birmoghlasht pour Shoghor, en compagnie de quelques courtisans…

Sitôt arrivé au village, le roi s'invita dans la demeure du chef et se fit offrir ce qu'il y avait de meilleur : du pain fourré au fromage, de la viande de chèvre bouillie arrosée de beurre chaud et des mûres fraîches.

Lorsque le thé fut servi avec beaucoup de lait et de sucre, comme il convenait pour les visiteurs importants, il dévoila ses intentions :

– Je suis venu pour défier Begal au polo !

La nouvelle fit le tour des habitants comme une traînée de poudre. Elle parvint bientôt aux oreilles de Begal, qui vivait seul avec sa mère dans une petite maison à l'écart.

– C'est bien, se réjouit-il. Demain, je vaincrai le roi et je deviendrai le plus grand joueur de polo du royaume.

Mais la mère de Begal ne partageait pas son enthousiasme. Son mari avait succombé à une mauvaise chute en montagne, bien des années plus tôt. Elle avait suffisamment souffert dans sa vie pour deviner le malheur quand il s'annonçait.

– Le roi est un homme sournois et cruel. Méfie-toi de lui ! Il ne te pardonnera pas si tu gagnes…

Les mises en garde de sa mère n'empêchèrent pas Begal de s'endormir joyeux et de rêver à la gloire.

Le lendemain, une foule nombreuse se rendit sur le pré qui accueillait la rencontre : les habitants des hameaux voisins s'étaient déplacés pour voir s'affronter Begal et le roi.

Lorsque le roi et ses hommes s'avancèrent, montés sur des bêtes richement harnachées, il y eut des murmures d'admiration. Ces murmures se transformèrent en cris d'allégresse quand Begal et ses compagnons parurent à leur tour.

Les cavaliers se firent face. L'équipe royale arborait des tuniques de laine blanche brodées de fils d'argent. Celle de Shoghor portait les vêtements sales et usés qui servaient tous les jours.

– L'engagement pour le roi ! cria le chef du village qui jouait le rôle d'arbitre.

Begal ne protesta pas. Les invités passaient toujours en premier. Le roi lança donc sa monture au galop et, parvenu à la

moitié du terrain, il jeta la balle en l'air. Il fit tournoyer son maillet et la frappa violemment, l'envoyant loin devant. Begal talonna Bumburush, qui s'élança aussitôt à sa poursuite dans un nuage de poussière.

Comme le permettait le jeu, qui, s'il n'était pas brutal, n'en demeurait pas moins rude, Begal se porta contre le roi et l'empêcha de taper à nouveau dans la balle. Le roi hurla de rage. Il essaya de se débarrasser de l'encombrant capitaine. Mais partout où il se trouvait, Begal y était aussi. Et lorsque la fin du temps de jeu s'approcha, personne encore n'avait réussi à marquer.

La balle était alors dans le camp royal, et Bumburush la protégeait des autres maillets en la gardant dans ses jambes. Begal la récupéra aisément et la poussa tout en douceur entre les poteaux. Le village de Shoghor poussa des cris de joie : Begal venait d'apporter la victoire à son équipe !

– Je demande la revanche demain ! grogna le roi de fort méchante humeur, après avoir refusé de serrer la main du vainqueur.

Begal acquiesça. Peu lui importait de remettre en jeu sa victoire ! Il triompherait autant de fois qu'il le faudrait, jusqu'à ce que le roi reconnaisse sa valeur.

Le soir venu, la mère de Begal s'inquiéta. La nuit peuplée de démons allait tomber, et personne ne se risquait à rester dehors !

Or Begal n'était toujours pas rentré…

Comme c'était une femme courageuse, elle prit une bûche enflammée dans le feu pour s'éclairer, s'arma d'un couteau et partit à la recherche de son fils.

Elle le trouva sur le bord du chemin qui traversait le village. Il était allongé et semblait dormir. Elle s'approcha en tremblant, pleine d'appréhension.

Elle le secoua. Il ne bougea pas. Elle aperçut alors une tache qui rougissait sa chemise au niveau du cœur et elle s'effondra sur lui, secouée de sanglots.

– Mon fils ! Mon Begal ! s'écria la malheureuse. Ne t'avais-je pas mis en garde contre le roi ? Ne t'avais-je pas prévenu contre sa méchanceté et sa cruauté ?

Lorsque ses larmes se tarirent, elle se releva, chargea Begal sur son dos et prit le chemin de la maison.

Le lendemain, les gens étaient venus encore plus nombreux et d'encore plus loin pour suivre la partie qui allait opposer, pour la revanche, l'équipe du roi à celle de Begal.

Les compagnons du roi se montrèrent d'abord, vêtus de tuniques vertes brodées de fils d'or, et la foule chuchota d'émerveillement.

Quand s'approchèrent les joueurs de Shoghor, on entendit des exclamations étonnées : en tête, monté sur Bumburush,

Begal s'était habillé de noir et dissimulait son visage derrière un foulard.

Le roi et ses compagnons blêmirent. Mais les villageois prirent cette extravagance pour une provocation à l'encontre du roi qui avait refusé la veille d'accepter sa défaite, et ils applaudirent Begal.

Le chef du village annonça :

– L'engagement pour Begal !

Le roi, pâle, gardait le regard fixé sur le capitaine masqué.

Begal engagea la balle avec sa dextérité habituelle et galopa derrière. Un second coup de maillet bien ajusté l'envoya entre les poteaux adverses. Les villageois se mirent à scander son nom :

– Be-gal ! Be-gal !

Begal marqua encore trois points avant que retentisse le signal indiquant la fin du jeu. L'équipe royale avait perdu pour la seconde fois.

Begal s'avança alors en direction du roi. Tout le monde retint son souffle. On pensait qu'il allait l'obliger à lui serrer la main et à reconnaître sa victoire ! Mais il arrêta son cheval à quelques mètres du roi.

Il ôta son foulard.

Il y eut une clameur stupéfaite : ce n'était pas Begal qui montait Bumburush ! C'était sa mère ! La maman de Begal avait vaincu le roi !

Elle planta son regard dans celui du roi et l'apostropha à voix haute, de manière à être entendue de tous :

– Roi ! Pourquoi as-tu tué mon fils ? Il était gai, et si gentil ! Il mordait dans la vie comme dans une pomme croquante ! Il rayonnait dans la nuit de ma vieillesse ! Roi ! Pourquoi l'as-tu tué ? Aujourd'hui, une vieille femme t'a vaincu : ce n'est donc pas Begal qui était trop fort, mais toi qui es trop faible ! Ce n'est pas lui qui était trop habile, c'est toi qui es trop maladroit ! Si tu l'avais voulu, mon Begal t'aurait aidé à devenir meilleur. Mais tu as préféré couper l'arbre qui te faisait de l'ombre plutôt que d'essayer de pousser plus haut que lui ! Tu es peut-être roi, mais tu ne vaux pas mieux que le plus stupide des idiots…

Ayant dit ces mots, elle lui tourna le dos et repartit chez elle veiller le corps de son fils.

On raconte que le roi baissa la tête et que le rouge envahit ses joues. On raconte également qu'il fit porter chez la mère de Begal un manteau richement brodé pour servir de linceul au malheureux garçon. On raconte enfin qu'il n'osa plus jamais remettre les pieds à Shoghor, et qu'il exempta le village d'impôts pour toujours. Mais faut-il le croire ? Les mères ont souvent plus d'honneur que les rois !

KAKHO SHILOGH
Le Roi au Corbeau

Cette histoire se passait longtemps avant l'histoire de Begal. Un roi très puissant régnait alors sur Chitral. Mais si puissant qu'il ait pu être, plus personne aujourd'hui ne se rappelle son véritable nom ! On ne se souvient que du Roi au Corbeau. Ce surnom lui avait été donné après certaine aventure...

Ce roi aimait passionnément la chasse. Il adorait chevaucher d'un bout à l'autre de son royaume avec son arc et sa lance, et traquer dans les montagnes les bêtes les plus agiles.

Ce n'était pas un méchant homme. Il aimait simplement éprouver sa force et son adresse. Et puis, murmuraient les paysans, le temps qu'il passait à chasser, il ne le gaspillait pas à les harceler ou à faire la guerre.

Non, le plus gros défaut de ce roi, et de beaucoup de rois d'ailleurs, était l'orgueil. Le sien était démesuré. C'était un homme grand et fort comme un ours, et il s'imaginait le plus puissant de tous les rois de la Terre !

Un jour, le roi partit chasser le léopard des neiges dans une partie reculée du royaume alors appelée Wershigum. Il emmena avec lui trois compagnons, qui étaient aussi les meilleurs chasseurs du pays : Ghech voyait plus loin que les autres, Kar entendait mieux que les autres et Niskar sentait tout avant les autres.

Le roi et ses chasseurs suivaient depuis longtemps la piste d'une bête qui ne voulait pas se laisser capturer. Se sentant fatigué, mis de mauvaise humeur par l'échec de la traque, le roi fit part de son désir de prendre du repos.

– Mon roi, je vois un arbre sous lequel vous pourriez vous allonger, dit Ghech.

Le roi approuva et ils marchèrent jusqu'à l'arbre. C'était un cèdre gigantesque dont les branches s'étendaient d'un bout à l'autre du vallon. Son tronc était si large que le roi et ses compagnons n'auraient pu l'entourer de leurs bras.

– C'est un bon endroit pour faire la sieste, reconnut le roi qui s'assit et s'appuya brutalement contre l'arbre.

Lorsque son dos robuste cogna le tronc, le cèdre frémit.

– Vous avez vu ? se rengorgea le roi. Je suis si fort que je parviens à ébranler le plus gros arbre du royaume en m'adossant simplement contre lui !

Il n'était plus du tout fâché contre l'animal qui les avait tant fait courir.

– Vous êtes grand comme un ours, mon roi, dit Ghech.

– Vous êtes fort comme un léopard, mon roi, dit Kar.

– Vous êtes noble comme un faucon, mon roi, dit Niskar.

Le roi accueillit les compliments des chasseurs avec un sourire épanoui.

– C'est vrai ! Je suis grand, je suis fort, je suis…

Il ne put terminer sa phrase : perché sur une branche au-dessus de lui, un corbeau s'était soulagé sur la tête royale.

Le roi entra dans une fureur terrible.

– Corbeau ! Qu'as-tu osé faire ? Tu vas le regretter ! Descends, tu vas voir !

Mais le corbeau jeta un regard narquois sur le roi qui essuyait avec un mouchoir brodé la fiente tombée sur son front.

– Ghech ! Kar ! Niskar ! Attrapez-moi cet oiseau !

Les trois chasseurs se précipitèrent pour grimper dans l'arbre. Mais le corbeau ne les attendit pas et il s'envola en croassant. Les hommes tournèrent alors un regard interrogatif vers le roi.

– Ghech ! Kar ! Niskar ! Débrouillez-vous mais ramenez-moi ce corbeau !

Les trois chasseurs, habitués à obéir, partirent donc en courant après le corbeau qui voletait droit devant eux, en s'arrêtant ici et là pour se reposer. Ils coururent longtemps.

Parfois, ils le perdaient de vue. Alors Ghech regardait tout autour de lui et s'exclamait :

– Il est là-bas ! Je le vois !

Lorsque la nuit tomba et que Ghech ne vit plus rien, Kar tendit l'oreille.

– Il est là-bas ! Je l'entends !

Au petit matin, ils furent cernés par un épais brouillard et Kar n'entendit plus rien.

Niskar renifla bruyamment.

– Il est là-bas ! Je le sens !

De vallons en sommets, ils parvinrent dans la vallée d'Owir qui s'étend paresseusement au pied du Tirich Mir, le mont sacré en haut duquel vivent les fées. Les trois chasseurs étaient bien fatigués. Le corbeau aussi battait de l'aile et volait lourdement, en zigzags, se posant sur le toit de chaque maison.

Ghech, Kar et Niskar passaient devant une cahute misérable, au bord de la route, lorsqu'une vieille femme les héla :

– Vous voulez attraper ce corbeau ? J'adore les bijoux ! Donnez-m'en un joli et je fais mon affaire de cet oiseau !

Les chasseurs acceptèrent volontiers la proposition de la vieille. Ghech fouilla dans la poche de son pantalon et ne trouva rien. Kar glissa la main dans celle de sa chemise et en ramena une poignée d'abricots secs.

Alors Niskar soupira et tira de sa veste le bijou qu'il comptait offrir à son épouse de retour chez lui. C'était une belle pierre bleue sertie dans un disque de cuivre gravé. La vieille femme battit joyeusement des mains.

– Chose promise, chose due ! Entrez dans ma maison et reposez-vous le temps que j'attrape votre corbeau…

Les chasseurs ne se firent pas prier. Ils s'assirent sur des tabourets, mangèrent de bon appétit la galette de pain et burent goulûment le bol de lait que leur hôtesse leur apporta.

Pendant qu'ils reprenaient des forces, la vieille femme tua une chèvre, la vida, puis déroula et nettoya ses intestins. Elle obtint ainsi un long tuyau presque invisible.

Elle remplit ensuite une écuelle de fruits dont raffolent les corbeaux. Elle dissimula au milieu une extrémité du boyau de la chèvre et posa l'écuelle sur le chemin.

Enfin, gardant à la main l'autre extrémité du boyau, elle alla se cacher dans la maison.

– À quoi joues-tu, la vieille ? s'étonna Ghech.

– Votre corbeau doit être aussi affamé que vous l'étiez avant de me rencontrer, répondit-elle mystérieusement.

Le corbeau en effet ressentait une faim terrible.

Aussi, lorsqu'il aperçut une assiette remplie de bonnes choses qui traînait au milieu du chemin, se précipita-t-il dessus.

Ce qui devait arriver arriva : en mangeant à plein bec, il avala bientôt le morceau d'intestin caché dans l'écuelle. Alors la vieille se mit à souffler de toutes ses forces à l'autre bout et le corbeau commença à

gonfler, à gonfler tellement qu'il fut incapable de s'envoler ! Les chasseurs l'attrapèrent sans mal et l'emprisonnèrent dans un filet.

Heureux d'avoir mis un terme à cette poursuite, les trois hommes reprirent leur route en direction du Wershigum, de l'arbre et du roi, non sans avoir chaleureusement remercié la petite vieille si rusée.

Lorsqu'ils parvinrent dans le vallon, le roi les attendait en faisant les cent pas sous le cèdre. Sa colère n'était pas retombée.

En apercevant le corbeau prisonnier, il poussa un cri de triomphe.

– Braves chasseurs ! Vous avez attrapé cet oiseau insolent ! Et toi, corbeau de malheur, tu vas payer pour ton geste !

Il saisit le filet et approcha le corbeau de son visage.

– Regarde-moi ! N'éprouves-tu pas du remords, maintenant, d'avoir souillé la tête du plus puissant des rois ?

Le corbeau fixa à nouveau le roi d'un œil narquois.

– Creuse au pied de l'arbre, à l'endroit où tu étais assis, répondit l'oiseau.

Les hommes regardèrent le corbeau avec étonnement. Le roi, plus curieux qu'effrayé, ordonna aux chasseurs de faire ce que le corbeau demandait.

Ghech, Kar et Niskar creusèrent donc au pied de l'arbre immense. Ils trouvèrent bientôt un objet étrange.

Ils crurent d'abord que c'était une couronne. Mais il s'agissait d'une bague, une bague très ancienne et si grande que leur propre tête passait tout entière à travers !

Le corbeau dit alors :

– Cette bague appartenait autrefois à un roi, qui en son temps n'avait pas d'égal. Vois sa taille ! Imagine l'homme qui la portait au doigt ! Alors si un tel homme n'a pas pu conserver son trône au-delà de sa vie terrestre, comment toi, beaucoup moins fort, peux-tu te sentir fier de faire seulement frémir un arbre ? En me soulageant sur ta tête, c'est l'humilité que j'ai voulu te rappeler !

Le roi, de surprise, lâcha le filet sur le sol. Le corbeau en profita pour s'échapper, et s'envola au loin en poussant des croassements qui ressemblaient à des rires…

On raconte que le roi baissa la tête et que le rouge envahit ses joues. On raconte également qu'il fit porter chez la vieille femme qui avait aidé à la capture de l'oiseau et permis cette leçon le bijou fabuleux trouvé au pied de l'arbre. On raconte enfin qu'il cessa de chasser, et qu'il interdit à quiconque de jeter des pierres sur les corbeaux. Mais faut-il le croire ? Les corbeaux sont souvent plus sages que les rois !

Hashim Bigim
La Princesse désappointée

À trois jours de voyage de Chitral se trouve le royaume de Gilgit.

Pour l'atteindre, il faut d'abord gravir le col abrupt de la Shandur, puis traverser un plateau couvert de lacs aux eaux sombres et enfin cheminer le long d'une rivière capricieuse.

Il y a longtemps de cela, entre l'époque du Roi au Corbeau et celle de Begal, vivait à Gilgit une princesse très belle qui s'appelait Hashim Bigim.

Elle était si belle que tous les hommes qui la voyaient sombraient dans la mélancolie. Si belle qu'un poète se creva même les yeux pour conserver, comme dernière image, celle de son visage ! Si belle enfin qu'elle recevait la visite de nombreux princes, certains très beaux et d'autres très riches, qui venaient de loin pour demander sa main…

Mais son père, le roi de Gilgit, avait d'autres projets.

– Hashim Bigim, ma fille, tu épouseras le fils du roi de Chitral, notre voisin.

Les deux rois voulaient en effet renforcer les liens entre leurs royaumes en unissant

leurs enfants. La princesse, qui avait confiance en son père, répondit favorablement.

Le roi de Chitral, satisfait, proposa d'organiser les festivités dans son palais. Comme la neige bloquait le col de la Shandur jusqu'au début de l'été, les épousailles furent fixées pour le mois de juillet.

On était en mai.

Le palais du roi de Gilgit ressemblait davantage à une maison qu'à un château. Construite en terre et en bois, comme toutes les habitations du village, elle était simplement plus grande et mieux située que les autres. Des hommes armés assuraient la garde, et un jardin rempli de fleurs magnifiques l'entourait.

En temps ordinaire, la maturité d'Hashim Bigim, pourtant jeune et sans expérience, faisait l'admiration des gens du palais. Mais la perspective de son mariage la rendait impatiente et agitée comme une enfant...

– Oh, Gul Naz, confiait la princesse à sa servante, que j'ai hâte de rencontrer mon futur époux !

Gul Naz avait l'âge de sa maîtresse et comprenait donc bien ce qu'elle pouvait ressentir.

– Il est sûrement très fort et très beau, renchérissait-elle.

– Oui ! s'exclamait Hashim Bigim. Il ne peut en être autrement : si mon père a éconduit tant de beaux jeunes gens, c'est que celui qu'il m'a choisi les surpasse tous !

La princesse retournait à son miroir, offert par son père. Il l'avait acheté à un marchand du Sind en route pour la Chine. Hashim Bigim s'y contemplait pendant que Gul Naz la coiffait.

– Me trouvera-t-il à son goût ? s'inquiétait-elle soudain. Serai-je assez belle pour lui ?

– Tu es la plus belle fille des deux royaumes, la rassurait la servante.

Puis la princesse se levait du tabouret sur lequel elle était assise, quittait sa chambre couverte de tapis et s'en allait respirer l'odeur des roses dans le jardin.

– Oh, Gul Naz, reprenait-elle, mon futur époux est certainement un homme très courageux ! Il a sûrement gagné de nombreuses batailles !

– Il doit être aussi généreux qu'il est brave, disait la servante, aussi doux qu'il est fort.

À ces mots, la princesse tournait sur elle-même en riant et trouvait la vie merveilleuse.

Ainsi passèrent les jours qui séparaient mai de juin.

Mais Gul Naz, qui allait et venait dans le palais et dans les rues du village, entendit une terrible rumeur. Il se murmurait en effet, à mots couverts pour qu'ils n'atteignent pas les oreilles de la princesse, que le prince de Chitral était loin d'être aussi beau et brave qu'elle était hélas en train de se l'imaginer…

La servante, qui aimait énormément sa maîtresse, en fut tout attristée. Quelle déception si le futur époux de la princesse n'était pas celui auquel elle aspirait, si le prince de Chitral se révélait tel que la rumeur le prétendait !

Aussi Gul Naz cessa-t-elle d'encourager l'enthousiasme de sa maîtresse pour cet homme qu'elle n'avait jamais vu…

– Oh, Gul Naz, continuait à lui dire la princesse quand elle la coiffait, il me tarde de faire la connaissance de mon futur mari !

– Ce n'est pas bien d'être impatiente, répondait Gul Naz avant d'ajouter : et puis quitter un père pour un mari, c'est simplement changer de maître…

Mais Hashim Bigim grondait sa servante et lui reprochait d'altérer sa joie.

– Oh, Gul Naz, s'exclamait-elle encore en gambadant dans le jardin, je crois que je pourrai passer des jours à l'écouter me raconter ses exploits !

– Trop parle celui qui ne fait rien, répliquait Gul Naz.

Et Hashim Bigim reprochait à sa servante sa tristesse et ses méchants propos.

Ainsi passèrent les jours qui séparaient juin de juillet.

Le moment arriva enfin de se mettre en route pour Chitral. Gul Naz n'avait pas réussi à changer l'état d'esprit d'Hashim Bigim, qui se réjouissait avec la même fougue du mariage maintenant tout proche.

Le roi de Gilgit avait formé une importante caravane : des ânes et des mules étaient chargés de cadeaux que la princesse offrait en dot au prince de Chitral, tandis que les membres de la famille royale, les gardes et les invités allaient à cheval. Hashim Bigim chevauchait une splendide jument blanche. À son côté, Gul Naz montait une gentille ânesse grise.

– Enfin ! lui confia-elle au premier jour

du voyage. Je vais bientôt rencontrer mon aimé !

Gul Naz ne répondit rien et baissa tristement les yeux.

– Je ne te comprends pas, se fâcha la princesse. On dirait que cela ne te fait pas plaisir de me voir heureuse !

– C'est cette rivière, répondit Gul Naz. Le vacarme qu'elle fait me donne mal à la tête…

Le deuxième jour, Hashim Bigim dit à sa servante :

– Gul Naz, je sens mon cœur s'affoler à la pensée de bientôt voir mon prince !

Gul Naz leva la tête vers le ciel et ses yeux se remplirent de larmes.

– Tu es insupportable, soupira la princesse. Maintenant, tu pleures sur mon bonheur.

– Ce sont ces lacs, murmura Gul Naz. Ils sont si noirs et ont l'air si profonds que j'ai été effrayée…

Le troisième jour, Hashim Bigim s'approcha d'elle et lui souffla :

– Gul Naz, ma fidèle servante, mon amie, je crois que j'ai peur…

Gul Naz la prit affectueusement dans ses bras.

– Hashim Bigim, sois courageuse : princesse tu es, princesse tu resteras…

La caravane approcha enfin du palais qui se dressait, majestueux, sur le bord d'une rivière que la fonte des neiges avait transformée en torrent furieux. Le roi de Chitral et sa suite attendaient le roi de Gilgit et la sienne de l'autre côté du pont qui permettait de franchir le cours d'eau.

– Est-il là ? demanda Hashim Bigim qui avait fermé les yeux.

Gul Naz ne répondit pas.

– Le vois-tu ? demanda-t-elle encore.

Gul Naz resta silencieuse.

– À quoi ressemble-t-il ? demanda-t-elle enfin.

Gul Naz se mit à pleurer. Hashim Bigim se résolut à regarder.

Sur l'autre rive, se tenant à côté du roi, un homme se trémoussait sur sa selle en agitant les bras.

La princesse poussa un cri de désespoir qui s'étouffa dans sa gorge. Ses yeux écarquillés fixèrent le prince que son père lui avait choisi pour époux… C'était un nain, difforme et grimaçant. De la bave coulait sur son menton, et il grognait à la façon d'une bête.

La princesse tourna un visage éperdu vers sa servante. Elle laissa quelques larmes rouler sur ses joues, puis les essuya du revers de la main.

– Gul Naz… Tu es la seule à pouvoir me comprendre et la seule que je regrette de perdre ! Pardonne-moi !…

Quittant brusquement la caravane, sourde aux cris de son père et à ceux de la servante, Hashim Bigim talonna sa jument qui prit la direction du torrent. L'animal hésita un moment devant les eaux boueuses et tourmentées ; mais il céda à la poigne ferme de la princesse. Ils disparurent dans la violence du courant…

On raconte que les deux rois baissèrent la tête et que le rouge envahit leurs joues. On

raconte également que le père d'Hashim Bigim adopta Gul Naz et la traita comme sa propre fille. On raconte enfin qu'à Chitral et à Gilgit, les enfants ne furent plus obligés de se marier malgré eux. Mais faut-il le croire ? L'âme des princesses est souvent plus pure que celle des rois !

FIN

CARNET DE VOYAGE

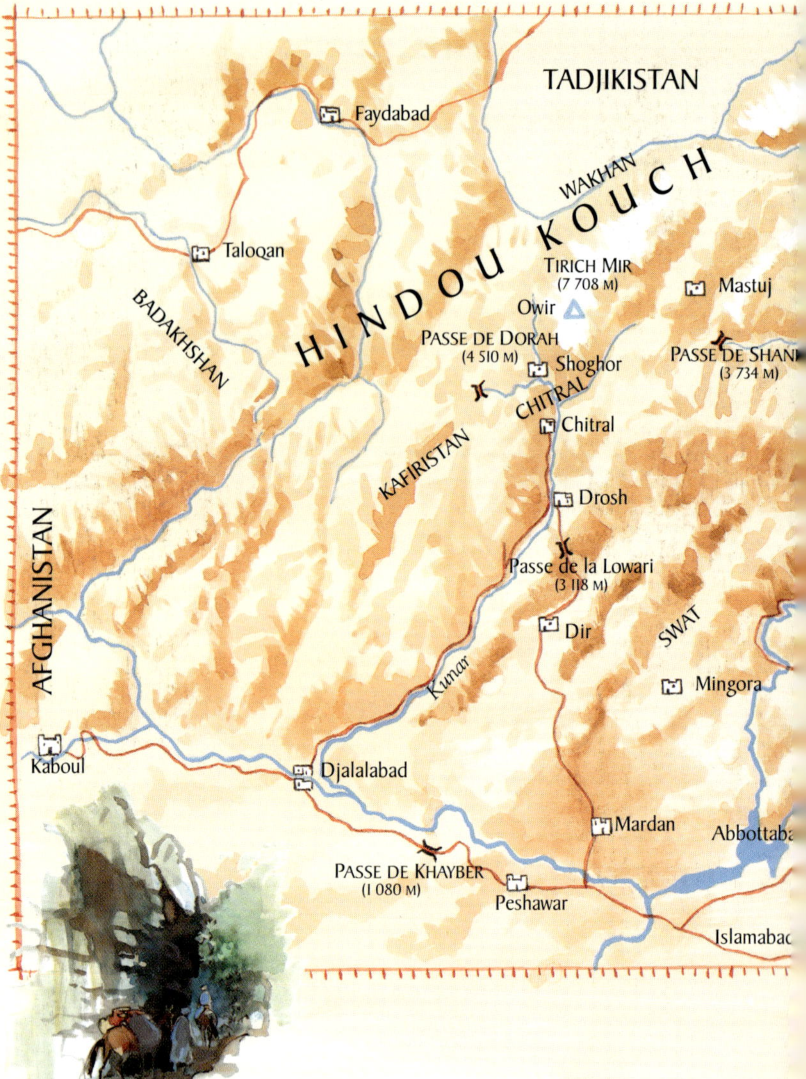

Erik dans les montagnes, au-dessus de Drosh.

Au confluent de la rivière Gilgit et du fleuve Indus : les chaînes de l'Hindou Kouch, du Karakoram et de l'Himalaya.

Yannik, sur le chemin de Borogol.

« J'ai appris à connaître et à aimer l'ancien royaume de Chitral en arpentant de fond en comble cette région du Pakistan qui est à la frontière de l'Afghanistan, dans la province du Nord-Ouest. J'étais en compagnie de mon frère Yannik et d'un ami, Jordi. Nous sommes restés là-bas onze mois en 1990 et dix mois en 1994, et y avons vécu d'incroyables aventures. J'ai également appris la langue de nos hôtes. C'est ainsi que j'ai pu recueillir les récits qui forment cet album au printemps 1998, au cours d'un dernier séjour de deux mois.

« Le nord du Pakistan est un lieu de rencontre entre les hommes, les titans et les dieux. Voilà comment je décrirais cette région montagneuse qui s'étend entre les chaînes de l'Hindou Kouch, du Karakoram et de l'Himalaya, et dont les nombreuses vallées, qui sont souvent autant de royaumes, se situent entre mille et cinq mille mètres d'altitude ! On éprouve en effet, face à ces montagnes gigantesques, le sentiment d'être arrivé aux portes de notre monde.

« Cela commence toujours par des bruits de ville, de voitures, de klaxon et de gens qui crient. Et puis très vite, une fois les sacs chargés sur le toit d'une vieille jeep, c'est l'aventure !

Camion décoré pour éloigner le mauvais sort.

Tickets de bus assurant les liaisons Mingora-Kalam et Pindi-Peshawar.

La route se change en piste, sur laquelle circulent des troupeaux en transhumance et les traditionnels camions surchargés de décorations qui sont autant de talismans contre le mauvais sort. Enfin, au-delà des zones tribales occupées par les farouches clans pachtouns, zones où les coutumes ont force de loi, on atteint le col de la Lowari. Fermé par la neige de novembre à juin, c'est la grande porte du royaume de Chitral.

« Chitral, capitale du district qui porte son nom, s'étale au fond de la plus large vallée, de part et d'autre d'un torrent glacé, sous le regard sévère des montagnes. La grande mosquée, avec le mont Tirich Mir dans le lointain, semble tout droit sortie d'un roman anglais du siècle passé ! Les chalands qui flânent dans le bazar, barbe noire ou blonde, yeux clairs ou sombres, portent souvent accrochée au bonnet une fleur, symbole du caractère pacifique des Chitrali.

La grande mosquée de Chitral, Shahi (XIXe siècle).

Yannik et Jordi avec le prince Hilal et sa suite dans la vallée d'Owir.

Hameau montagnard de Kanderi, au nord-est de Drosh.

« De décembre à mars, tout le district ou presque est sous la neige, à l'exception des fonds de vallée du Sud. Chaque village vit alors au ralenti, replié sur lui-même, bercé par le crépitement des flammes dans l'âtre ou le fourneau, au rythme des histoires que les hommes et les femmes racontent aux enfants.

Jeune Chitrali portant la casquette des écoliers pakistanais.

Même les montagnes, qui se sont faites belles pour les loups et les léopards, s'assoupissent sous leur robe blanche.

« À la fin de l'hiver, la vie reprend son cours. Les hommes à la longue barbe et à la peau rougie par le froid gravissent les pentes abruptes et infinies, les pieds enveloppés de bandes de tissu, coupent du bois puis s'assoient au milieu de leurs chèvres et regardent planer les vautours. Les femmes traient les vaches et les brebis, bercent les nouveau-nés, travaillent dans les champs et préparent les repas, écoutant au-dehors les promesses des oiseaux…

Les Chitrali labourent toujours leurs champs avec un araire.

« C'est le début de l'été. Le ciel clair semble un appel venu du nord, de ces espaces démesurés où meurent sans doute les nuages.

« Au pied du Tirich Mir, la montagne sacrée où vivent les fées, s'étend la vallée d'Owir, qui a vu la mère de Begal affronter le terrible roi, et la rusée petite vieille capturer l'insolent corbeau. Le chemin nous entraîne malgré nous, se glisse plus loin, s'échappe en direction de Borogol et du Wershigum. Parfois, le rire moqueur d'un enfant se fait entendre, comme un étonnement, ou une interrogation.

Enfants chitrali sur la route de Mastuj.

Au-dessus d'un horizon hors d'atteinte, le ciel semble peint par la main d'un dieu. Plus loin encore, ce sont d'autres infinis, si purs que l'air des montagnes et l'eau des lacs s'en disputent l'image.

Joueurs de polo s'affrontant au col de la Shandur.

Restauration rapide dans le bazar de Chitral !

« À quatre mille mètres d'altitude s'étend le col de la Shandur qui relie Chitral à Gilgit, à mi-parcours d'un périple de trois jours. C'est la route empruntée quelques siècles plus tôt par la princesse Hashim Bigim, se rendant à son tragique rendez-vous. Chaque année, depuis bien longtemps, les meilleurs joueurs de polo des deux anciens royaumes s'affrontent, sous le regard passionné de milliers d'hommes et d'enfants.

Joueurs de surnay, qui accompagnent toutes les rencontres de polo.

« Qui se souvient que ce jeu, pratiqué depuis des siècles et peut-être même né dans cette région, avait autrefois valeur de rite en symbolisant le conflit entre la mauvaise et la belle saison ? Mélange de traditions anglaises, marquant un demi-siècle de présence britannique dans le district, et d'émotions millénaires, les affrontements rudes sur cette haute terre arrachent des cris et emportent l'âme.

« Parmi les grandes tentes montées le temps du tournoi, chacun trouve à sa guise à manger et à se loger. Danses et musiques remplissent les soirs autour de cent feux sous les étoiles. Et il y a pour nous comme un au revoir dans ces chants douloureux. Un au revoir à ces peuples du Nord, attachants et fiers…

« C'est le prince Abdul Ghani Khan qui m'a raconté l'histoire du Roi au Corbeau. Le seigneur de Kesu est un géant à la barbe grise, qui m'a pris en affection et qui aimait m'avoir souvent auprès de lui. C'est également un grand chasseur, et je me souviens d'une extraordinaire partie de chasse à laquelle il m'avait convié : six jours pendant lesquels nous avons beaucoup marché, exercé notre adresse au tir sur des pierres et… jamais vu d'animal ! Ce printemps 1998, le prince ponctuait son récit

Le prince
Abdul Ghani Khan de Kesu.

préféré d'éclats de rire auxquels se joignaient volontiers les trois ou quatre personnes présentes à ce moment-là dans son jardin. En remplissant sans cesse ma tasse du thé au lait sucré dont raffolent les Chitrali, il répétait avec une patience infinie les passages que j'avais du mal à saisir. À la fin, heureux de constater mon réel intérêt pour cette vieille histoire des temps légendaires qu'il venait de conter, il m'a fièrement serré contre lui.

« Un après-midi, j'assistais à l'une des premières rencontres de polo de la saison, sur le terrain de la ville de Chitral. J'étais en compagnie de Farid Ahmad, un ami étudiant. Drôle et cultivé, Farid avait pourtant deux bonnes raisons d'être malheureux : il adorait le polo mais était piètre cavalier, il aimait la musique mais ne savait pas en jouer ! Pour se moquer de lui-même, il m'a alors confié que sa chanson préférée, “Nano Begal”, racontait l'histoire d'une célèbre partie de polo ayant eu lieu au XVIIe siècle, à l'époque de la sinistre dynastie des

Farid Ahmad déjeunant avec ses jeunes frères, dans la région de Shoghor.

Katours. Pour le taquiner, je lui ai demandé de me la chanter. Il a relevé le défi et m'a ensuite aidé à en transcrire les paroles. Plus tard, pour m'en faire une idée plus juste, il m'a convié chez lui à une soirée inoubliable qui rassemblait les joueurs de sitar Sultan Ghani et Mahmad Ali, et le chanteur Ghairet ud-Din.

« À la fin, j'ai questionné Farid sur la mélodie poignante qui avait clos la soirée et ému les participants, un air que j'avais déjà entendu en 1990, joué chez le prince Abdul par le célèbre sitariste de Koghuzi, Mastan Khan. Farid m'a ainsi parlé d'Hashim Bigim, dont l'histoire tragique a vraisemblablement eu lieu à la fin du XIVe siècle, au début de la glorieuse dynastie des Raïs. Je me suis empressé de la relever dans mon carnet…

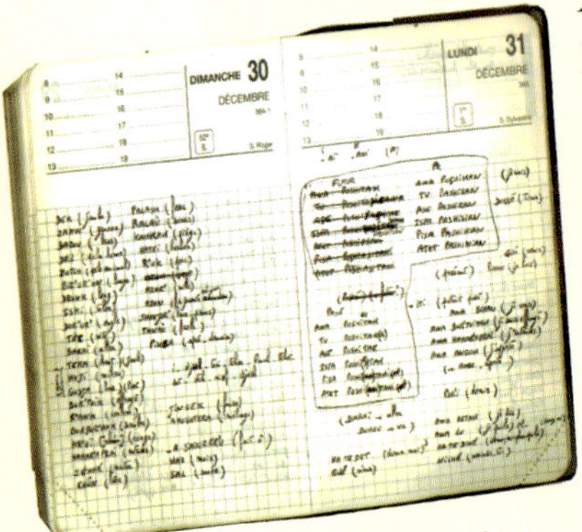

Carnet d'Erik avec annotations sur la langue chitrali.

« Bien sûr, il existe une multitude d'autres histoires dans la tradition orale de Chitral ! Mais peu d'Occidentaux comprennent comme moi le khowar, la langue des Chitrali, et parmi celles que j'ai pu recueillir, certaines sont trop poétiques, d'autres trop éloignées de notre façon de penser pour être vraiment comprises et appréciées.

« Restent donc ces trois histoires, “Nano Begal”, “Kakho shilogh” et “Hashim Bigim”, célèbres à Chitral mais, jusqu'à présent, inconnues chez nous, et que j'ai pris la liberté de récrire afin de les rendre plus accessibles. Aucun Chitrali ne m'en voudra : chez eux, les histoires s'enrichissent de la personnalité de chaque conteur. »

Erik devant l'un des nombreux rocs gravés de la région de Gilgit.

■■■ ERIK L'HOMME, L'AUTEUR ■

Erik L'Homme est né le 22 décembre 1967.
Il passe son enfance dans le pays de Dieulefit et en garde un goût prononcé pour la nature.
De hauts diplômes universitaires en poche, il part au Pakistan sur la piste de l'homme sauvage entre la Chine et l'Inde.
À peine rentré, il embarque pour les Philippines, à la recherche d'un fabuleux trésor.
Revenu en France, il s'attaque à la rédaction d'une thèse de doctorat d'histoire et civilisation, puis travaille plusieurs années comme journaliste.
Et c'est en 2000 qu'il se lance dans l'écriture d'une trilogie pour la jeunesse, « Le Livre des Étoiles », qui connaîtra un succès considérable.
Il a également publié *Les Maîtres des Brisants* dans la collection Hors-Piste.

François Place est né en 1957 et vit en région parisienne, à Taverny, depuis 1974. Pendant trois ans, il a étudié l'expression visuelle à l'école Estienne, avant de se lancer dans l'illustration en réalisant ses premiers dessins pour la collection Découverte Cadet.
Depuis, il a illustré de nombreux livres documentaires en particulier pour la collection « Sur les traces de... ». Alliant son talent d'auteur à celui d'illustrateur, il fait paraître en 1992 *Les Derniers Géants* qui sera récompensé par de nombreux prix et marquait une première incursion remarquée dans le domaine de la fiction.
Il a rendu hommage au peintre Hokusaï dans *Le Vieux Fou de dessin*.
Passionné par les voyages, les vieilles cartes et les estampes, il a ensuite créé un atlas en trois volumes, l'*Atlas des géographes d'Orbae* (Casterman/Gallimard Jeunesse).

François Place a également collaboré avec différents auteurs de fiction tels Michael Morpurgo dont il a illustré la plupart des livres : *Le Roi de la forêt des brumes*, *Le Royaume de Kensuké*, *Cheval de guerre*.

CONTES CLASSIQUES ET MODERNES

La petite fille aux allumettes, 183

La petite sirène, 464

Le rossignol de l'empereur de Chine, 179

de Hans Christian Andersen
illustrés par Georges Lemoine

Le cavalier Tempête, 420
de Kevin Crossley-Holland
illustré par Alan Marks

La chèvre de M. Seguin, 455
d'Alphonse Daudet
illustré par François Place

Nou l'impatient, 461
d'Eglal Errera
illustré par Aurélia Fronty

Prune et Fleur de Houx, 220
de Rumer Godden
illustré par Barbara Cooney

Les 9 vies d'Aristote, 444
de Dick King-Smith
illustré par Bob Graham

Histoires comme ça, 316
de Rudyard Kipling
illustré par Etienne Delessert

Les chats volants, 454
d'Ursula K. Le Guin
illustré par S. D. Schindler

La Belle et la Bête, 188
de Mme Leprince de Beaumont
illustré par Willi Glasauer

Contes d'un royaume perdu, 462
d'Erik L'Homme
illustré par François Place

Mystère, 217
de Marie-Aude Murail
illustré par Serge Bloch

Contes pour enfants pas sages, 181
de Jacques Prévert
illustré par Elsa Henriquez

La magie de Lila, 385
de Philip Pullman
illustré par S. Saelig Gallagher

Une musique magique, 446
de Lara Rios
illustré par Vicky Ramos

Du commerce de la souris, 195
d'Alain Serres
illustré par Claude Lapointe

Les contes du Chat perché
de Marcel Aymé
illustrés par Roland
et Claudine Sabatier

AVENTURE

Le meilleur des livres, 421
d'Andrew Clements
illustré par Brian Selznick

Panique à la bibliothèque, 445
de Eoin Colfer
illustré par Tony Ross

Le poisson de la chambre 11, 452
de Heather Dyer
illustré par Peter Bailey

Le poney dans la neige, 175
de Jane Gardam
illustré par William Geldart

Faim de loup, 453
de Yves Hughes
illustré par Joëlle Jolivet

Longue vie aux dodos, 230
de Dick King-Smith
illustré par David Parkins

Une marmite pleine d'or, 279
de Dick King-Smith
illustré par William Geldart

L'enlèvement de la bibliothécaire, 189
de Margaret Mahy
illustré par Quentin Blake

Le lion blanc, 356
de Michael Morpurgo
illustré par Jean-Michel Payet

Le secret de grand-père, 414

Toro ! Toro ! 422
de Michael Morpurgo
illustrés par Michael Foreman

Jour de Chance, 457
de Gillian Rubinstein
illustré par Rozier-Gaudriault

Sadi et le général, 466
de Katia Sabet
illustré par Clément Devaux

Les poules, 294
de John Yeoman
illustré par Quentin Blake

FAMILLE, VIE QUOTIDIENNE

L'invité des CE2, 429
de Jean-Philippe Arrou-Vignod
illustré par Estelle Meyrand

Clément aplati, 196
de Jeff Brown
illustré par Tony Ross

Le goût des mûres, 310
de Doris Buchanan Smith
illustré par Christophe Blain

Je t'écris, j'écris, 315
de Geva Caban
illustré par Zina Modiano

Little Lou, 309
de Jean Claverie

J'aime pas la poésie ! 438
de Sharon Creech
illustré par Marie Flusin

Danger gros mots, 319
de Claude Gutman
illustré par Pef

Sarah la pas belle, 223

Sarah la pas belle se marie, 354

Le Journal de Caleb, 441
de Patricia MacLachlan
illustrés par Quentin Blake

Victoire est amoureuse, 449
de Catherine Missonnier
illustré par A.-I. Le Touzé

Oukélé la télé ? 190
de Susie Morgenstern
illustré par Pef

LES GRANDS AUTEURS POUR ADULTES ÉCRIVENT POUR LES ENFANTS